Coassons avec Ouaouaron

Bertrand Gauthier

Illustrations : Chantale Audet

Directrice de collection : Denise Gaouette

Rat de bibliothèque

Catalogage avant publication de Bibliothèque et Archives nationales du Québec et Bibliothèque et Archives Canada

Gauthier, Bertrand

Coassons avec Ouaouaron

(Rat de bibliothèque. Série verte ; 18)
Pour enfants de 7-8 ans.

ISBN 978-2-7613-3056-5

I. Audet, Chantale. II. Titre. III. Collection : Rat de bibliothèque (Saint-Laurent, Québec). Série verte ; 18.

PS8563.A847C62 2009   jC843'.54   C2009-940525-3
PS9563.A847C62 2009

Éditrice : Johanne Tremblay

Réviseure linguistique : Claire St-Onge

Directrice artistique : Hélène Cousineau

Coordonnatrice graphique : Isabel Lafleur

Édition électronique : Talisman illustration design

Dépôt légal – Bibliothèque et Archives nationales du Québec, 2009
Dépôt légal – Bibliothèque et Archives Canada, 2009

IMPRIMÉ AU CANADA

1234567890 EMP 14 13 12 11 10 9
11154   PSM16

Aujourd'hui, les crapauds de l'étang des Amphibiens
se préparent à recevoir la visite du prince Ouaouaron.
Les crapauds, très excités, coassent.
Le prince semble avoir des choses importantes à leur coasser.

Le prince Ouaouaron connaît bien les crapauds.
Avant de devenir un prince, il était lui-même un crapaud.
Il habitait même dans l'étang des Amphibiens.
Mais comment est-il devenu un prince charmant ?

Une nuit, Ouaouaron contemplait le ciel.
Il a vu passer une étoile filante.
Dans sa tête de crapaud,
il a fait un voeu.
À l'aube, son voeu était exaucé.
Il était devenu un prince charmant.

Mais pourquoi ce prince charmant
veut-il rencontrer les habitants de l'étang des Amphibiens ?
Qu'a-t-il de si important à leur coasser ?
Les crapauds sont aussi curieux que les humains.
Ils attendent le prince Ouaouaron avec impatience.

À peine arrivé, le prince Ouaouaron se confie
aux habitants de l'étang des Amphibiens.
— Si vous saviez comme je suis malheureux
    dans ma peau de prince charmant !
    Si vous saviez comme j'aimerais retourner
    dans ma peau de crapaud !

Les crapauds n'en croient pas leurs oreilles.
Ils rêvent tous de devenir des princes charmants.
À leurs yeux de crapauds, il est impossible
que leur idole soit mécontente de son sort.

Après une courte pause, le prince Ouaouaron
reprend ses coassements.

— Vous pensez qu'un prince mène une vie de rêve.
Eh bien, frères crapauds, détrompez-vous.
C'est totalement faux.

Le prince Ouaouaron précise sa pensée
devant les crapauds étonnés.

— Un prince charmant doit toujours être poli,
toujours souriant, toujours gentil et toujours obéissant.
Un prince charmant doit toujours être parfait,
et même toujours plus que parfait.

La larme à l'oeil, le prince Ouaouaron
continue à coasser sa grande tristesse.
— Chaque heure, je m'ennuie de l'étang des Amphibiens.
  Chaque minute, j'ai envie de bondir
  d'un nénuphar à l'autre.
  Chaque seconde, je rêve de coasser avec vous
  en toute liberté.

Inconsolable, le prince Ouaouaron poursuit ses coassements.
Mais à force de coasser, le temps file.
Si vite que le prince assiste au coucher du soleil
et à l'apparition de la pleine lune.
Au lieu de retourner au château,
le prince surveille le ciel.

Le prince Ouaouaron ne veut pas rater
les étoiles filantes qui risquent de se pointer.
Au milieu de la nuit, sa patience est récompensée.
Au moment où une étoile filante traverse le ciel,
le prince Ouaouaron fait un voeu.

Miracle ! À l'aube, le prince Ouaouaron
redevient un crapaud.
Aussitôt, il bondit dans l'étang des Amphibiens.
Heureux, Ouaouaron coasse une chanson.

Moi, Ouaouaron,
j'aime mieux être un crapaud de l'étang,
libre et coassant,
qu'un prince charmant poli et toujours obéissant.

Depuis ce temps, Ouaouaron vit heureux
avec ses amis crapauds dans l'étang des Amphibiens.

Si, un jour, tu passes par là, tends bien l'oreille.
Et si tu entends Ouaouaron coasser sa chanson,
arrête-toi et... coasse très fort avec lui.